句集

目を覚ませ

石田きよし

文學の森

序

井上信子

石田きよしさんの第一句集を送り出す今、爽涼の秋である。

その俳句歴は約十六年。この間に鴫俳句会は、平成二十年、伊藤白潮主宰の逝去という有ってはならぬ不幸に見舞われた。

以来「鴫」に集う者、友愛と励ましの年月を経て今、順調な歩みを続けている。作者は同人会のまとめ役であり、二十六年から会長の役割を担ってくれている。

第一句集というものは、行を共にする連衆にとって、常に特別のものとして祝福され迎えられてきた。

初蟬は防衛庁の大欅　きよし

作者の職歴に、陸上自衛隊・陸将がある。出生地は、滋賀県長浜市。かの「さざなみの志賀の都……」と詠われて来た琵琶湖畔の歌枕、故地である。

文武両道という不抜にして懐かしい文言がある。

石田きよしさんの前途に深い祝意をこめて。

平成二十七年九月

句集　目を覚ませ／目次

カット　石田恵穂
装　丁　巖谷純介

句集

目を覚ませ

今が好き

平成十一年〜十五年

やはらかに屋根替へ衆を統ぶる声

春や帽一斉に振り出艦す

をのこ雛幾世も鼓叩きをり

春宵や目つむり撓ふピアニスト

花疲れフルーツパフェの長い匙

春スキーひとこと多き奴となる

未来派の妻の言ひ分春ショール

春一番嬰を覗いてゐる両家

イタリア　二句

天井も壁もミケランジェロのどか

風光る斜塔へ立たせ連れを撮る

蟻穴を出づ屋上のヘリポート

春惜しみまた折り返す湖畔かな

一湾を青葉の風が舞台とす

初蝉は防衛庁の大欅

還暦の恋かもしれず遠花火

蛇衣を脱げばメロスのやうにかな

阿蘇　三句

目を覚ませ火の国はいま麦の秋

カルデラを巡りて宿の新茶かな

大南風に起つ赤牛の役者めく

今年竹近ごろ減りし師の酒量

武士道を言ふな草矢を打ちもせず

老優の短き科白胡蝶蘭

西安　二句

日盛りの軒に首なき兵馬俑

タラップを降り深梅雨の人となる

ワシントン　二句

旱雲小さく坐るプロペラ機

ひとり部屋の卓に聖書とサングラス

団扇の手上げて憎まれ役を買ふ

墓の友へ芋焼酎を浴びせけり

説曲げぬ江州生まれ青芒

蛍火に大和魂見透かさる

政策を責めて八月痩せもせず

汝が頰の秋夕焼を掌に包む

鬼やんま火星大使の貌で来る

日展や会はぬと決めし人に会ふ

娘の結婚　二句

秋風裡一気に進む婚支度

爽涼のバージンロード蹟けり

良夜なり三百年の杉木立

いつになき父の論鋒居待月

十七手詰の解けたり青蜜柑

立ち読みに拾ふ政局秋時雨

沖縄にて
砂に寝る南の島の神無月

冬の蠅優先席を払はるる

初しぐれ熱き紅茶と山頭火

寒雀無頼の一羽縁の上

日向ぼこ父に伍長といふむかし

首謀者の貎で鮟鱇吊られけり

三寒のをとこの下げるごみ袋

パリ行きと同じ出立ち冬紅葉

極月やホームの鳩の早歩き

電話はじめ母の口癖ほうやがな

若水や日々闘ひの今が好き

楽章の終はりし瞬の淑気かな

一憂へ向かふ機上の初景色

癌センター第二病棟冬北斗

札幌　二句

派出所の自転車雪を積みしまま

乗り込んで来る黒髪に玉霰

蹼を全開に鴨着水す

放つといてくれる店なりおでん酒

レタスのやうに

平成十六年～十九年

帰る鳥忘れぬといふほめことば

春疾風潜水艦のやうな雲

屋上のクレーン真つ直ぐ新社員

天地の遊びごころか牡丹雪

万愚節とりあへず顔あたりをり

年下の娘の彼氏花三分

夜桜といふアリバイは一度だけ

夏蜜柑なほ褒貶の中にゐる

身勝手のそこがまた好き春日傘

春眠の佳人を跨ぐ機内席

戦争を知らぬ還暦花は葉に
プロポーズの言の葉問はる菖蒲の湯

絹莢の筋ほどのこと気にしをり

あらがひし日もあり母の煮伽羅蕗

三角のキャッチボールや風薫る

母看るを趣味てふ父の洗鯉

筑波山　二句

青山の雌雄二神の不仲説

波を切るヨットの彼方双耳峰

捨て印のやうに日傘に付き合へり

梅雨に逝きしあいつのあだ名重戦車

蓼科　二句

木道に涼しき鳥語たまはりぬ

にじむ汗口八丁の蕎麦打ち師

水色の空空色の夏の海
夏の浜いつよりか手をつながざり

七人の末つ子の婿青ぶだう

妻がゐて子等ゐて地雷なき青野

北上・花巻　三句

赤鬼の髪洗ひをる激つ川

雪渓を散らかすやうに神の峰

光太郎の書架の撓みや青しぐれ

雲の峰海の向かうに海がある

噴水やひとりと思ふとき高し

奥琵琶の駅蟬時雨せみしぐれ

ふるさとは湖風とこの鮒鮨と

捕手のやうに構へポンポンダリア撮る

スコットランド　二句

この島のみどりへ羊撒かれあり

外つ国の短夜に聞く京言葉

スウェーデン　二句

花ミモザ古城へ渡るめがね橋

地酒よし友もまたよき白夜かな

パリ　三句

将軍の名の空港にかかる虹

緑陰や人を観てゐるシャンゼリゼ

ルーレット捌くジェンヌの薄衣

寿司下げて謝りかたを父譲り

この星の果てに西日と添ひ寝せむ

月涼し逢ふたび自信呉るるひと

シベリアの初秋機内の小津映画

拝殿に上がる日照雨の敗戦日

新涼の背広を椅子に羽織らせる

秋つばめ水面の風を均しをり

いぼむしり番傘のごと飛び出せり

みんみんを過ぎかなかなの下で逢ふ

阿波踊り　二句

をみな踊りつま先立ちて鳴らす下駄

踊りの連つかず離れず二人かな

雁の列上り列車に抜かれけり

世話好きの自分に出会ふ芋煮会

赤とんぼの急反転に思ひつく

あくがるる不良老年渡り鳥

終章に入るちちははの千代見草

秋思ふと優先席の四つの絵

ロンドン　三句

碧き瞳の明かさぬ本音楡黄葉

ふつふつと勇気テムズの秋入日

花カンナ勝者の戦争博物館

秋高し令する婦人自衛官

りんだうの束高々と職を退く

太刀魚の切れ味最もよきを買ふ

秋蟬の屍に返す挙手の礼

蛤となる順ゆづりあふ雀

戦場へ赴くところ稲刈機
稲架立つや火の玉なりし母のこと

桐一葉このごろ妻に逆らはず

友在らばカボスの箱の届く頃

新鮮なレタスのやうに着ぶくるる

石段を笹鳴までは数へたり

あのあと坐り直して燗の酒

トライせしラガー怒りしやうに黙

討ち入り日そは女房の誕生日

あつたぞう落葉の下のユアボール

身勝手はあつちだらうが海鼠嚙む

差し向かふ炬燵の父母の寿《いのちなが》

兄見舞ふ榾火の傍にゐるごとし

問ふ人も答へるひとも顎マスク

熱燗を干してをとこの唇尖る

ちゃんこ鍋見えぬ話になりにけり

兄逝く　三句

菱の実を剝きくれし手のなほ柔し

侘助やよいひとやつたと口ぐちに

兄の棺持てばにはかに時雨れけり

鐘の音の一直線に来る寒さ

父の筆母の名をもて餅届く
にほどりに知られてをりぬ氏素性

当たり前のことちゃんとやれふぐと汁

起きなくていいよと母へ御慶かな

衝立や普通といふを好む母

元朝の人の流れに逆らへり

エプロンの妻の飛び入る初写真

七日粥より帯留をほめてをり

寒牡丹一つひとつを破顔とも

急斜面目深になほすスキー帽

百八十余歳の父母の鬼やらひ

遼太郎閉づれば明くる冬の海

演じ切る

平成二十年〜二十三年

うれしくてへこんでをりぬしやぼん玉

子雀の竹散るやうに落ちにけり

振り向かぬ改札口の春ショール

風のなき国旗の孤独建国日

だだこねて雪代山女釣られけり

気を付けを令するやうに初音かな

西瓜植う次女も長女も嫁ぎけり

乗込鮒ひかりとなりて掛かりけり

たいくつな沼の離さぬ春の雁

三月十一日地球滂沱せり

文房具のための銀座や暖かし

道の駅婆も春菜も元気やで

手刀し猫の恋路を過りけり

猫の子のやうに掃除機裏返る

傘ひらく開かぬひとも花の雨

たんぽぽやひと文字の名のあねいもと

曖昧といふやさしさや春柳

王手する息子のと金冴返る

春帽を新調したる妻に会ふ

肩車したり雲雀を聞かせたり

母逝く　四句

母の訃を父に告ぐ役梅の影

茎立や母のひと世の愚直こそ

春しぐれ発途の足袋を履かせけり

綿雪や母の心音聴くやうに

花雪洞ゐるはずのなき人の声
十薬の点描白し夕ごころ

アンネ・フランクの話燕の子の話

先に逝くと言ひ合ひながら夜のプール

ラジオ体操今朝百人の夏の色

父の日の父になりたる子の電話

ひまはりの背伸びして日に背きをり

夏怒濤父ほどの死地なかりけり

水に生れ水に育ちし里は首夏

風鈴や生後三日の大あくび

己が糸手繰りて風の中の蜘蛛

荒瀬にも懐ありて鮎光る

耳鳴りか鬼灯市の風鈴か

差し潮のやうにはじまる蟬しぐれ

地下鉄にゐる間に痩せし夏の月

それぞれに綽名をもらふ通し鴨

山古志　二句

牛突きの四股名の幟緑さす

夏霧や角突く戦意なき牛も

木漏れ日を縫ひ取るやうに蟻走る

帳尻を合はすをとこの胡瓜もみ

ざりがにの餌に蝲蛄の釣り上がる

一瞬の影を置き去る黒揚羽

師の句碑除幕式　二句

梅雨晴れの句碑の除幕を合図せり

建立の祝吟に生る若葉風

夕焼に捕まるやうに旅に出る

打水の柄杓控へておいでやす

幼子を立たせるやうに茄子植う

トマト苗脇芽教へし母あらず

戸定邸

雅び男の夕顔柄の陣羽織

一枚の空をはみ出す揚花火

白潮師逝く　四句

行く夏に師を攫はれてしまひけり

師逝くや水の底ひの晩夏寂ぶ

叱声も今は一会の流れ星

生くるとは演じ切ること酔芙蓉

壁の絵の語り始むる今朝の秋

木々渡るなじみの風の秋湿り

かなかなの一途やわれに失せしもの

ぶら下がるだけの鉄棒鰯雲

朝顔へ水やりながら買へと言ふ

やさしさは心の余白すいっちょん

露草のいざなふやうに文士の碑

ひぐらしに似合ふ女の野球帽

着飾りし菊の軍師に策を問ふ

嫁の来てころころ笑ふ栗ご飯

黄落や君を見てゐる吾に気付く

渾身に夕つ日灯し燕去ぬ

昨夜の雨の置土産めく明けの月

朝市のこの子と呼ばる南瓜かな

秋麗に逝けり釣竿継ぎしまま

遊興のピアノ秋思のバイオリン

描かれて鯊の不敵な面構

はらごの困つたことに美味いのだ

野葡萄をふふみて森の人となる

秋扇や馴れぬ齢を生きてをり

冬天をごつごつ摑むプラタナス

この父の息子なりけりインバネス

靴紐を寒鯉釣りへ固結び

冬怒濤めいて地下鉄電車の来

はやぶさの来て万鳥の乱となる

ボロ市の将の軍服小振りなり

一本のぐいと曲がりし冬の川

冬霧や伊藤白潮消えしまま

深雪晴れ校歌の故山輝けり

好きなことしてゐるかほの落葉焚

散骨なら鳰鳴くころの淡海へ
乱るると見えて鶴翼鴨の陣

大根引き手応へさほどにはあらず

冬帽子父に会ひたきときの黒

夢中になることを互ひに返り花

終電を待つ梟のかたちして

兄の忌や竿しなやかに寒の鮒

ふるさとをいふ水鳥の湖をいふ

去年今年定位に在す大英和

この星にほんの百年初枕

はじけたる笑ひの傍に鏡餅

雑兵のごときごまめの嚙み応へ

師の墓碑にマリーの歌を五日かな

白潮師の十八番「五番街のマリーへ」

二兎を追ふをとこ寒九の米をとぐ

はぐれしまま

平成二十四年〜二十六年

開きたる手帳のなじむ梅日和

ほどほどのほどほどに迷ひつ剪定す

種蒔くや使ひ走りのやうな雨

菜の花忌身ぬちに燃ゆるものありや

引き鶴の落としものめく水の月

荒東風のかたちに鷗飛び交へり

わが嘘に笑まひし母の雛調度
さくら散るスタッカートの風に散る

戦争の予感巣蜂に遭ふ予感

縄のなき縄跳びの児ら草青む

子規球場名残の花の右中間

さん付けて呼ばるる古都の春の雷

此方ふふ彼方は呵々と山笑ふ

真ん中に日本ある地図鳥雲に

西郷も勝もゐぬ世の北開く

初鮒と夕日の欠片釣り上ぐる

無から有とはあかときの春深雪

一瞬も一生も美し臥竜梅

藤の房白し村上春樹繰る

かしこさうな赤門前のさくら餅

老兵は死ねずとふ父花万朶

一舟の切り裂く湖や春惜しむ

睡蓮を揺らす黒衣のやうな鯉

香水のひとにここにこと遅れ来ぬ

花莫蓙に父ゐて母は永久の留守

西日中あめつち明日をたくはふる

河馬暑し閉ぢねばならぬ口開けて

ささやかに尖閣へ寄付五月波

遅ればせながらと岩魚かかりけり

峰雲の置き忘れとも余呉の湖

六本木・青山　二句

六本木貌して朱夏の昇降機

夏うぐひす墓苑のイの五あたりかな

渡良瀬　二句

鉱山の六腑をめぐり五月逝く

万緑や身じろぎもせぬ逆さ岳

蟬の穴復路といふはなかりけり

大勢に訪はれて薔薇の寂しめり

戦友めく万年筆や明易し

赤富士や北斎ほどは染まざるも

異を唱ふをとこ扇子を閉ぢにけり

滝壺や水の刃にゐぐらるる

青梅の蔕取る役目まだ半ば

源五郎鮒の釣るるは水若し

待てば来ぬ待たねば不意に翡翠かな

野球帽のひとに小鮎のよく釣るる

長浜　二句

青あらし四方開け放つ天守閣

解かれゆくやうに伊吹の虹の帯

廣池学園（麗澤大学）二句

創始者の像の拳や新樹光

マロニエの花雨を呼び人を呼ぶ

草矢射る逝かねば会へぬひとへかな

雨脚や脱ぎつ放しの蛇の皮

竹落葉手鏡ほどのにはたづみ

甚平着てのつぺらぼうのひと日かな

捨てられしことある猫となき蜥蜴

さよならのらに開かるる黒日傘

鮃釣りし川一望の兄の墓

とんぼ追ひはぐれしままに古稀を過ぐ

もう一度かの黄見ておく美術展
お帰りと注がる当地の新走り

五六騎のそのあと如何に野分中

妹に父の鼻筋ラ・フランス

人の世に戦争今も麦とろろ

一川を湖へいざなふ月明り

擱筆や母の花野の短歌帳

この年も戦死者ゼロの敗戦忌

山芋を掘る手の考古学者めく

そのまさかなのよと出でし松茸飯

一枚の鯱をつつき合ひし奴

伸して母返し兄呼ぶ踊りの手

奥琵琶　二句

霧晴れて逃げ隠れせぬ竹生島

秋声や母の浜辺に父の波

長浜城　四句

秋風万里淡海の鎮もれり

色鳥のこぼるるやうな武者返し

豊公像万の初鴨統ぶまなこ

天守閣素風に詩情新たにす

八ヶ岳清里

黄落の里の駅弁「元気甲斐」

柄に合はぬ溜息つきて古酒を酌む

秋の湖翔ぶ鳥なべて首を伸す

にぎり飯色なき風が隠し味

晩鐘の一打に深む湖の秋

十二月八日の海を見てゐたり

大関の懸賞ほどの風邪薬

薄明の水に声あり鴨来る

店先の鮃に観らるわが鮮度

煤払ひ殺風景となりにけり

毀れゆく父の手を取り年惜しむ

スキー捨てこだはりひとつ捨てにけり

霜柱踏むや悪たれよみがへる
すき焼きの妻の命令口調かな

木守柿思案の色となりにけり

年内の血管外科や歯科眼科

餅搗き　二句

冱つる水臼に力のみなぎりぬ

打ち杵の負けず嫌ひの音冴ゆる

千葉寺　二句

ひよっとこの殿様を呼ぶ千葉笑

千葉笑ワッハッハッと締めて完

軽風をうれしがらせて枯柳

初御空富士より伊吹まで真青

読みかけのヒロイン待たす三ヶ日

まづ嬰の泣き声ほむる初電話

重の内残塁めける三日かな

趣味三つ病ひとつのおらが春

爺の掌にみよがしの独楽まはしをり

小説は佳境に厨よりくさめ

豆を打つ妻いささかの反抗期

生くる謎沼の底ひに枯蓮

伊吹峰の雪輝かす湖の碧
ちちははにせざりしをさるちやんちやんこ

句集　目を覚ませ　畢

跋

髙橋道子

初めてきよしさんの作品に注目したのは、「鳴」四五五号（平成十七年三月号）〈鳴俳句〉の巻頭を飾った

新鮮なレタスのやうに着ぶくるる

の一句であった。当時の「鳴」誌の〈選後余録〉で今は亡き白潮主宰が、「そうした野菜（レタス）に配するに、着ぶくれを持ってきたところが逆発想で大変な手柄だろう」と書いておられる。私もまた、その柔軟な発想というか、まさしく新鮮な感覚、取り合わせの妙に、しかもその作者が定年もすぎた男性であることに驚いたのである。

こうした、「常識に捉われない自由な発想」は白潮主宰が常日頃大いに勧められたもので、きよしさんは、初めて入られたNHKカルチャーの「柏土曜俳句」等でその薫陶をぞんぶんに受けられたのだと推測する。

思えば、その二年前の阿蘇・雲仙吟行（残念ながら私は参加できなかったのだが）で特選を得られ、この句集のタイトルにつながった一句

目を覚ませ火の国はいま麦の秋

も、仲間が疲れてうつらうつらしているなか、「目を覚ませ」と、上五に意外性のある命令の語を選び、平凡な報告になりがちな吟行句をみごとに飛躍させている。

もともと若々しい、またウイットとユーモアに富んだ感覚の持ち主であるきよしさんは、白潮師の言葉を乾いたスポンジのように吸収したのであろう。

さよならのらに開かるる黒日傘

読みかけのヒロイン待たす三ヶ日

きよしさんのふるさとは滋賀県長浜市。奥琵琶と呼ばれる風光明媚なところで、長浜城など戦国時代の史跡も多く、また俳句を嗜む気風がある地だという。ラグビーやスキーをはじめスポーツに堪能で、将棋は五段、身体も精神も強靱なきよしさんが、気配りがよく温かい人柄なのは、その故郷の風土によるものかもしれないと思う。故郷やご家族を詠むとき、きよし句はまことに一途で優しい。

奥 琵 琶 の 駅 蟬 時 雨 せ み し ぐ れ
ふ る さ と を い ふ 水 鳥 の 湖 を い ふ

百歳を越えられた父上はいまも健在で、先年亡くなられた母上もご長寿であられた。父恋、母恋の句には一通りでない純粋な敬愛の情が感じられ、胸を打たれる。

この父の息子なりけりインバネス
電 話 は じ め 母 の 口 癖 ほ う や が な

きよしさんは自衛隊という職場を全うされた方である。ふだんの会話では職業について殆ど触れることもないが、退官までは何といっても仕事が生活の中心であったに違いなく、厳しい局面や強い矜持もそこにあったことであろう。抑えながらではあるが、その思いは随所に滲み出ているようだ。

着飾りし菊の軍師に策を問ふ

蟬の穴復路といふはなかりけり

ご家庭でのきよしさんが奥様（この句集の挿画の作者）を詠んだ佳句、

討ち入り日そは女房の誕生日

すき焼きの妻の命令口調かな

は実に微笑ましく、現代的な景でもあり、楽しい諧の句である。

最後に、落ち着いた叙景句をあげてみたい。

荒瀬にも懐ありて鮎光る

木々渡るなじみの風の秋湿り

冬天をごつごつ摑むプラタナス

一句目、二句目は井上信子代表が本部句会で特選に採られた味わい深い句。叙景のなかに作者の優しくのびやかな詩心が表出されている。また三句目はこの作者ならではの力強くて男性的な把握が魅力である。

きよしさんはまさしく文武両道の方で、その句群もまた、柔らかい発想と真摯な心情に満ちている。

今後のきよし句はどのような進展、そして円熟へと向かうのだろうか。あまり落ち着きはらってしまわないでほしい気もする。いつも颯爽と活動的なきよしさんである。「目を覚ませ」の気概を持ち続けて、さらに新たな深い境地に踏み込んでくださることを信じている。

平成二十七年九月

あとがき

平成十一年七月、NHKカルチャーの「柏土曜俳句」の門を叩いた。その講師が鴫俳句会主宰・伊藤白潮師であった。翌年鴫俳句会に入会し、「本部句会」等で研鑽する機会を得、十三年に「鴫」同人となった。その後「鴫」の柏句会、市川句会にも入会して、白潮師の教導を得た。

それだけに、二十年に師が急逝されたのは青天の霹靂であった。岐路に立って、多くの句友とともに引き続き「鴫」道を歩むと決めた。

俳句は座の文芸で、良き師と句友こそコアだと思う。今日まで浮き沈みしながらも俳句を楽しむことができたのは、鴫俳句会をはじめ、柏市俳句連盟、北斗句会、ニッセイアカデミーなどの師と句友に恵まれたからであった。

この度、「鴫」誌に投句し始めてから十五周年を期し、第一句集三六四句をまとめた。白潮師亡きあと鳴俳句会を支えていただいた井上信子代表に「序」を、「柏土曜俳句」の現講師でもある髙橋道子「鳴」選者に選句をお願いし「跋」までいただけたのは幸いであった。また「文學の森」の皆さんにもお力添えをいただいた。改めて感謝の誠を捧げたい。

句集名は、阿蘇・雲仙吟行会で白潮師の特選を得た句〈目を覚ませ火の国はいま麦の秋〉から。師の指標は「人間の総量としての俳句を」であった。これを機に、己の総量をいささかでも高めたいと祈念している。

石田きよし

平成二十七年九月

著者略歴

石田きよし　本名　潔

昭和15年　滋賀県長浜市生れ
平成12年　「鴫」入会
平成13年　「鴫」同人
平成16年　北斗句会創会
平成18年　俳人協会会員
平成22年　「鴫」新人賞
平成23年　「鴫」賞
　　　　　柏市俳句連盟幹事長
平成27年　「鴫」同人会会長

現住所　〒277-0862　柏市篠籠田455-2
電　話　04-7143-5655

句集

目《め》を覚《さ》ませ

発　行　平成二十七年十二月七日
著　者　石田きよし
発行者　大山基利
発行所　株式会社　文學の森
〒一六九-〇〇七五
東京都新宿区高田馬場二-一-二　田島ビル八階
tel 03-5292-9188　fax 03-5292-9199
e-mail mori@bungak.com
ホームページ http://www.bungak.com
印刷・製本　竹田　登

ISBN978-4-86438-490-2　C0092